GW01085943

Le Club des Inventeurs a été publié pour la première fois
dans *Je Bouquine*, aux Éditions Bayard Presse
© Éditions Gallimard Jeunesse, 2000, pour le texte et les illustrations

Jean-Philippe Arrou-Vignod

Le club
des inventeurs

Illustrations de Serge Bloch

FOLIO JUNIOR/**GALLIMARD** JEUNESSE

1
L'inconnu
de la fête foraine

On était tout en haut du Grand Huit quand Mathilde a dit :

– Retourne-toi, vite ! Il est là, l'homme à l'imperméable !

Je tordis le cou, tâchant d'apercevoir quelque chose derrière moi. Au même instant, Mathilde poussa un hurlement. L'avant de la voiture bascula et nous tombâmes dans le vide. Cramponné à la barre de sécurité, je vis le toit des baraques se rapprocher de nous à une vitesse vertigineuse. J'eus l'impression que tout mon sang me remontait dans les oreilles.

« Cette fois, pensai-je dans un spasme de terreur, ton compte est bon, mon pauvre Pharamon. »

A la dernière seconde, alors que nous allions nous écraser sur la foule qui se pressait sur le parvis, la voiture se redressa, parut rebondir dans l'espace. Un virage à gauche, la voiture qui se couche, me projetant sur Mathilde, le fracas des rails métalliques, une nouvelle accélération : tête en bas, je vis mon briquet s'échapper de ma poche, les tickets s'éparpiller dans le vide comme une poignée de confettis.

C'était plus que je n'en pouvais supporter. Je fermai les yeux à l'instant où la voiture piquait du nez, nous précipitant à la vitesse de la lumière dans une dernière boucle.

Quand je les rouvris, la voiture venait doucement mourir sur l'aire d'arrivée.

– Ouahouh ! C'était génial ! fit Mathilde en sautant lestement à terre.

– Super, articulai-je en me débattant avec la ceinture de sécurité. Vraiment géant.

– Tu n'as pas l'air dans ton assiette, s'inquiéta Mathilde. Tu es sûr que ça va ?

Je ne l'aurais avoué pour rien au monde, mais je déteste les montagnes russes, le Grand Huit et les trains de la mort. Mes jambes ne me portaient plus, je me sentais aussi mou qu'un camembert qu'on aurait enfermé par erreur dans un accélérateur de particules.

Quand Mathilde m'avait proposé de l'accompagner à la fête foraine, j'aurais mieux fait de me casser la jambe ou d'être retenu au collège par soixante heures de colle. Tout plutôt que de monter dans ces appareils de torture... Mais vous connaissez Mathilde : qui pourrait résister à ses taches de rousseur ?

– Tu l'as vu, au moins ? demanda-t-elle.

– Qui ça ?

– Mais l'homme ! Le type à l'imperméable ! Il était dans la voiture juste derrière la nôtre.

A l'instant où notre engin avait paru se décrocher au-dessus du vide, j'avais eu la vision très vague d'une silhouette en chapeau, le visage tordu par un rictus atroce. L'homme à l'imperméable, col relevé, les traits dissimulés derrière d'énormes lunettes de soleil.

– Bah ! dis-je. Un amateur d'émotions fortes, rien de plus. D'ailleurs, il a disparu.

– Je t'assure qu'il nous suit. Dans le bus, d'abord, il était tout au fond et faisait semblant de lire un journal hippique en bulgare. Je l'ai revu dans la queue, au guichet, et maintenant sur le Grand Huit... J'en donnerais ma main à couper, nous sommes filés, mon bon Rémi.

– Par qui ? ricanai-je. Un de tes admirateurs anonymes ? Tu délires, ma pauvre Mathilde. C'est l'ivresse de l'altitude, le grand voile noir ! Il paraît que ça arrive quand on passe le mur du son sans entraînement.

– Regarde ! me dit-elle triomphalement.

A la sortie du stand, on vendait les photographies prises au début du grand looping. Sur celle qu'elle venait d'acheter, j'eus du mal à me reconnaître : bouche ouverte, cheveux dressés sur le crâne, j'avais les yeux hors de la tête comme un personnage de dessin animé.

– Si tu t'avises de montrer ça au collège..., menaçai-je.

– Mais non ! Là, derrière !

On voyait, en arrière-plan, une autre voiture, suspendue elle aussi au-dessus du vide. A l'intérieur, l'homme à l'imperméable braquait sur nous des jumelles .

– Alors, c'est moi qui franchis le mur du son ?

– Tu as raison, convins-je de mauvaise grâce. Ce type nous file le train. Mais dans quel but ?

– Une seule façon de le savoir, décréta Mathilde en m'entraînant au pas de course. Nous allons le coincer dans le train fantôme !

Voilà. Vous êtes redoublant de 4ème au collège Chateaubriand, nul dans toutes les matières sauf en sport, mais plutôt sympa et chouchou des filles de la classe. Jusque-là, vous couliez des jours tranquilles à l'internat, entre les interros surprises, les heures de colle et les parties de cartes entre copains.

Et puis, un jour d'hiver, pour les beaux yeux de Mathilde Blondin, votre existence bascule dans l'horreur. Vous acceptez de l'accompagner à la fête foraine, vous espériez juste faire un peu de tir au carton, manger une pomme au sucre et frimer au volant d'une auto tamponneuse, et vous voilà dans un wagon du train fantôme à tenter de coincer un mystérieux espion bulgare armé de jumelles et d'un chapeau mou.

– Ne te retourne pas, murmura Mathilde tandis que nous faisions la queue au guichet. Il est là, et j'ai un plan.

« Aïe ! pensai-je, c'est bien ça qui me fait peur. Dans quoi va-t-elle nous entraîner ? »

Nous prîmes place dans une sorte de nacelle vermoulue, séparée des autres par une longue crémaillère, et qui circulait le long d'un rail à l'intérieur d'un vaste bâtiment plongé dans la pénombre. A peine les portes s'étaient-elles refermées derrière nous qu'une série de ululements lugubres se firent entendre.

Je ne suis pas peureux, mais il y avait de quoi vous glacer les sangs.

Des chaînes s'agitaient toutes seules contre les murs, des squelettes phosphorescents tendaient vers nous leurs os décharnés.

Puis ce furent d'étranges fantômes en hologrammes qui se mirent à danser autour de nous en une valse démoniaque.

A chaque nouvelle salle, des cris de terreur s'élevaient dans le noir. Un plafond s'effondra brusquement, retenu par un mécanisme hydraulique à l'instant où il allait nous broyer. J'avais beau savoir que tout cela n'était qu'un décor de carton pâte, la présence invisible de notre poursuivant, à quelques wagons de nous, me donnait la chair de poule.

– J'adore ! gloussa Mathilde tandis qu'une toile d'araignée gluante nous caressait les cheveux. Pas toi ?

– J'aimerais autant être digéré par un brontosaure, murmurai-je, les dents serrées.

– Vite, descends ! lança Mathilde à l'instant où nous pénétrions dans une sorte de salle voûtée, décorée avec un goût exquis d'une collection d'engins de tortures sanguinolents.

– Descendre ? Mais tu es folle !

Déjà, elle avait sauté à terre. Je ne pus que la suivre, laissant notre wagon s'éloigner en grinçant dans la pénombre. Je sentis la main de Mathilde m'agripper, me pousser derrière un large billot sur lequel trônait une tête coupée... en cire, du moins je l'espère, je n'eus pas le courage de vérifier.

– Cachons-nous là, ordonna-t-elle.

Nous laissâmes passer un premier wagon, puis un deuxième, chargés de passagers ravis et terrifiés. Quand la porte s'ouvrit à deux battants sur le suivant, les ongles de Mathilde s'enfoncèrent dans mon avant-bras.

– C'est lui ! A l'abordage ! siffla-t-elle entre ses dents.

L'homme à l'imperméable se tenait enfoncé dans son siège, seul, le journal déplié devant lui comme s'il avait cherché à n'être pas remarqué. Mais qui peut lire avec des lunettes de soleil un journal de courses en bulgare, dans l'obscurité d'un train fantôme ?

Le cœur battant, nous le laissâmes nous dépasser, attendant qu'il ait presque quitté la salle pour bondir d'un seul mouvement.

– Plus un geste ! Tu es fait ! hurlai-je.

C'était idiot, à vrai dire, une réplique que j'avais entendue dans un film, mais qui parut produire son effet.

Tandis que Mathilde s'accrochait comme une furie à son bras, je ceinturai l'homme de toutes mes forces, un peu surpris tout de même de le découvrir si corpulent.

– Ahrg! Au secours! Maiday, maiday! Une attaque de zombies! gémit-il en se débattant pour échapper à ma prise diabolique. A moi! A moi!

Son chapeau avait sauté dans la bagarre, ses lunettes aussi. Mais cette voix... Où l'avais déjà entendue? Un dernier hoquet du wagon nous projetait hors de la salle, au grand jour, nous forçant à cligner des yeux.

Mathilde, elle aussi, avait relâché sa prise. Quand le wagon s'arrêta et que nous pûmes démêler nos membres entrelacés, nous poussâmes tous deux un cri.

L'espion bulgare, l'homme à l'imperméable, l'inconnu du train fantôme, notre dangereux poursuivant n'était autre que P.P. Cul-Vert, sa grosse bouille éblouie cherchant de l'air comme un poisson hors de l'eau.

2
Mon ami
P. P. Cul-Vert

– P.P., dis-je, j'exige des explications.

Mathilde, Pierre-Paul et moi étions attablés devant des chocolats fumants. Rien de tel pour se remettre de ses émotions. J'avais un grand creux dans l'estomac, la tête encore pleine de loopings et de cris d'effrois.

– Nous exigeons des explications, fit Mathilde en écho.

P.P. avait ôté son déguisement ridicule et commandé une portion de brie qu'il trempait dans son chocolat comme une énorme mouillette.

– Un petit remontant de ma composition, bredouilla-t-il devant notre air effaré. Je vous recommande aussi le roquefort au coulis de framboise.

Pierre-Paul Louis de Culbert, alias P.P. Cul-Vert, est le plus immonde gourmand de la galaxie. La semaine précédente, il avait réussi à convaincre le cuisinier du collège d'expérimenter une nouvelle recette : la brandade de morue fourrée aux raisins secs. Tout l'internat s'était retrouvé d'un seul coup à l'infirmerie, sauf lui, ce qui l'avait sauvé d'un lynchage en règle. Même le Principal avait fini au lit, et sans sa moyenne qui frôle la perfection, P.P. aurait passé un sale quart d'heure.

Avec ses deux ans d'avance, son petit corps grassouillet et ses épaisses lunettes de batracien, P.P. Cul-Vert est le génie incontesté de notre collège. C'est aussi mon meilleur ami, allez savoir pourquoi. J'ai envie de l'étrangler au moins douze fois par jour, il est tellement gonflé de prétention qu'il pourrait s'envoler comme un ballon de baudruche, mais je suis certain d'une chose : qu'on s'avise de toucher à un seul cheveu de sa grosse tête et on aura affaire à moi, foi de Rémi Pharamon !

Cette fois, pourtant, il avait dépassé la mesure. Ce déguisement grotesque, d'abord, sa manière de nous filer, Mathilde et moi... Si P.P. n'avait pas pris les filles pour des créatures inférieures, tout juste bonnes à célébrer sa gloire, j'aurais pu jurer qu'il était jaloux.

– Moi, jaloux ? Tu n'y songes pas, mon brave Pharamon, se récria-t-il. Mon temps est trop précieux pour le sacrifier à des sentiments si mesquins.

– Ta Hauteur voudrait-elle bien consentir à nous dire pourquoi elle nous suivait ? s'emporta Mathilde.

– Je ne vous suivais pas, corrigea P.P. J'expérimentais de nouvelles méthodes de filature, nuance.

– Déguisé en espion bulgare ? Excuse-moi, Pierre-Paul, mais seul un aveugle aurait pu ne pas te repérer.

– C'était un test, fit P.P., un peu vexé. Et permets-moi de te dire qu'il a été parfaitement réussi.

– Je n'en doute pas ! Tu as été la risée de toute la fête foraine.

– Mes amis, mes amis, fit-il avec un petit geste apaisant. Vous me connaissez. Vous savez quelle intelligence prodigieuse abrite ce petit corps que vous avez si imprudemment malmené tout à l'heure. Au nom des aventures que nous avons déjà vécues ensemble, je vous supplie de m'écouter et de me faire confiance.

– Accouche, P.P., dis-je. Ton petit numéro nous fatigue.

– Une seule question, d'abord, et je vous raconte tout. Êtes-vous libres le week-end prochain ?

Mathilde et moi nous regardâmes, un peu surpris par cette entrée en matière, avant d'opiner mollement. Ma mère serait ravie de se débarrasser de moi pour deux jours. Quant à Mathilde, elle n'avait pas son pareil pour extorquer à ses parents les permissions les plus extraordinaires.

– Parfait, jubila P.P. Je vous engage, alors.

– Répète ? dis-je, interloqué. Tu nous *engages* ?

P.P. se rengorgea :

– A mon service, exactement. Je ne peux entrer dans des détails qui risqueraient de mettre vos médiocres existences en danger. Moins vous en saurez, croyez-moi, mieux ce sera. Apprenez seulement, mes bons amis, que vous venez de passer avec succès le test. A partir de maintenant, vous êtes tous les deux mes gardes du corps attitrés, spécialement chargés de la protection de ma précieuse personne.

– P.P., dis-je avec inquiétude, tu devrais arrêter le brie. J'ai peur que ça ne te réussisse pas du tout.

P.P. écarta ma remarque d'un geste :

– Je comprends que mon petit manège de tout à l'heure ait pu vous surprendre. Ce déguisement parfait et ma filature n'avaient qu'un but : tester votre sens de l'observation et votre capacité à déjouer les pièges les plus retors. Vous avez réussi au delà de mes espérances, mais sachez que l'ennemi qui nous guette aura recours à des coups autrement plus tordus pour parvenir à ses fins. Il faudra ouvrir l'œil, et le bon !

– Je vais t'en pocher un, d'œil, moi, si tu continues à nous prendre pour des imbéciles, fis-je en me frottant le poing.

– Attends, dit Mathilde. Laisse-le s'expliquer. Il sera toujours temps de le boxer après.

Les mystères dont P.P. s'entourait avaient excité sa curiosité. Quant à moi, la perspective d'échapper à ma mère pour un week-end n'était pas pour me déplaire. Devinant notre impatience, P.P. prit le temps de se lécher les doigts un à un avant de poursuivre, une petite lueur triomphale dans les yeux :

– Figurez-vous, chers et fidèles compagnons, qu'aura lieu dimanche l'un des événements marquants de notre siècle : le cinquantième anniversaire du Club des Inventeurs !

– Jamais entendu parler, fis-je.

– Ton ignorance me laissera toujours coi, mon pauvre Pharamon. Sache qu'il s'agit du plus fermé et du plus sélect des Clubs, qui rassemble une fois l'an les inventeurs de toute la planète. Du moins, les meilleurs d'entre eux : pour y entrer, il faut s'enorgueillir d'une découverte majeure pour l'histoire de l'humanité.

– Je ne vois pas en quoi ça te concerne, fit remarquer Mathilde. A part ta recette de morue aux raisins secs...

– Pardon de te contredire, coupa P.P. au comble de l'excitation, mais le comité directeur du Club, dans sa munificence, a bien voulu accepter que je lui soumette dimanche le fruit encore top secret de mes travaux. Une invention de premier plan, qui devrait me hausser au rang d'Einstein et de Léonard de Vinci ! Certes, je n'en suis encore qu'au stade du prototype expérimental, mais sa présentation devrait être le clou de cet anniversaire !

J'ai beau bien connaître P.P., son imagination délirante, sa vantardise éléphantesque, cette fois il poussait le bouchon un peu loin. P.P. Cul-Vert, membre du Club des Inventeurs ? C'était vraiment trop drôle !

– Je comprends votre incrédulité, continua-t-il. Sachez seulement que mon invention a reçu l'appui d'un homme dont vous vénérez le savoir. Mais pour d'évidentes raisons de sécurité, je ne puis vous dévoiler en quoi elle consiste, ni qui est mon généreux protecteur.

– Et nous ? interrogea Mathilde, toujours pratique. A quoi servirons-nous ?

– A empêcher qu'une puissance étrangère ou un rival jaloux s'en empare, pardi. Vous vous chargerez de ma sécurité et de celle du prototype jusqu'à dimanche. L'ennemi sera prêt à tout, je vous préviens !

– Résumons-nous, dis-je, au bord de l'exaspération. Tu voudrais que nous affrontions des tueurs à gage armés jusqu'aux dents dans le seul but de permettre à ta bouffissure de plastronner au Club des Inventeurs ?

– Euh… en quelque sorte, oui. Je comprends que cet honneur te terrasse, mon bon Rémi, mais je t'en crois digne. Et puis, ajouta-t-il avec un fin sourire, quand tu découvriras qui est mon respectable parrain dans cette aventure, tu te féliciteras d'avoir accepté, sois en sûr. Parole de Pierre-Paul Louis de Culbert !

Ce qui, venant du plus fieffé menteur que la terre ait jamais porté, valait son pesant de cacahuètes…

Je me tournai vers Mathilde, cherchant un soutien. Mais ses yeux brillaient d'excitation et je compris qu'elle avait déjà accepté.

– Tope là, dis-je à P.P. en poussant un soupir résigné. Cette histoire ne me dit rien qui vaille, mais tu peux compter sur moi.

– Sur nous ! précisa Mathilde en joignant sa main aux nôtres au-dessus de la table.

– Merci, mes bons amis, merci ! fit P.P. avec émotion. D'ailleurs, je n'en doutais pas. La preuve : je n'ai rien pour payer mon chocolat...

3
Week-end
aux Corneilles

Dans les films d'action, les gardes du corps sont toujours des types baraqués, spécialistes du jiu-jitsu et du tir rapproché. On les reconnaît à leurs lunettes noires et à l'oreillette qui leur pend sur le cou.

Quand je rejoignis Mathilde, le samedi suivant, j'avais juste les écouteurs de mon Walkman, mon canif suisse et deux paires de chaussettes glissées sous mon blouson pour me rembourrer les épaules. La vieille mobylette de mon oncle Firmin ne faisait pas tellement service secret, mais c'était tout ce que j'avais trouvé pour répondre au rendez-vous que nous avait donné P.P.

– Tu essaies une nouvelle passoire à pâtes ou c'est un casque de moto ? ricana Mathilde en me voyant arriver.

– Attention, dis-je. J'ai les nerfs en pelote.

– Le frisson du danger, hein ?

– Plaisante, plaisante ! Et si P.P. avait raison, après tout ? Imagine qu'on se retrouve face à une bande d'étrangleurs hindous avides de lui voler son invention.

Elle haussa les épaules avant de grimper sur mon porte-bagages.

– Tu connais Pierre-Paul, dit-elle tandis que je mettais les gaz.

C'était bien ça qui m'inquiétait. Comment savoir avec P.P. ? Il avait disparu de l'internat dès le jeudi soir, sous prétexte de mettre la dernière main à son prototype, gardé en grand secret à la campagne jusqu'au Jour J. L'adresse où nous devions le rejoindre était à une cinquantaine de kilomètres, la mobylette trop chargée avait des hoquets et il nous fallut nous arrêter plusieurs fois pour demander notre chemin.

– Il ne se passera rien, pronostiqua Mathilde en me criant dans les oreilles. Juste un confortable petit week-end de repos à la campagne. Les Corneilles, ça sonne bien, non, pour un havre douillet ?

C'était l'adresse que nous avait donnée P.P..

En fait de havre douillet, les Corneilles étaient une sorte de donjon en ruines, perché au-dessus d'une falaise, auquel on accédait par un sentier de terre en lacets.

– Un confortable petit week-end, hein ? ironisai-je en découvrant le bâtiment.

Je n'eus pas le temps d'en dire plus : une grosse Jeep couverte de boue surgit soudain en face de nous, lancée à toute allure et tirant derrière elle une espèce de caravane brinquebalante.

– Il va nous tuer ! hurla Mathilde.

Le sentier était étroit, la Jeep aussi large qu'un tank. Dans un ultime réflexe, je basculai la mobylette dans le

fossé tandis que la Jeep folle passait en nous frôlant, nous couvrant de poussière et d'une pluie de pierrailles. Une seconde de plus et nous étions aplatis comme des crêpes...

– Écrabouilleur ! Assassin ! m'égosillai-je en me relevant péniblement.

Mais la Jeep était déjà loin. Par chance, Mathilde n'avait rien, à part quelques contusions. La fourche de la mobylette était tordue et, quand j'essayai de la remettre en marche, le moteur refusa de partir.

– Qu'est-ce que c'était que ce malade ? fit Mathilde, la voix blanche.

– Aucune idée, mais il faudra finir à pied. Pour un week-end de repos, ça commence plutôt mal, si tu veux mon avis.

Heureusement, l'entrée de la propriété n'était plus très loin. Poussant la mobylette désormais inutilisable, nous parvînmes à l'entrée d'un parc qui semblait à l'abandon.

Un portail rouillé en barrait l'accès, fermé par de grosses chaînes. *Les Corneilles, propriété privée, défense d'entrer*, disait un panneau fixé de guingois sur la grille. Le donjon en ruines semblait mieux protégé qu'une forteresse.

– Très accueillant ! remarquai-je. Qu'est-ce qu'on fait maintenant ?

– On escalade, dit Mathilde en joignant le geste à la parole.

Elle se suspendait à la grille quand une voix métallique surgie de nulle part nous cloua sur place :

— Vous pénétrez dans un espace de haute sécurité.
Déclinez votre identité ou passez votre chemin.
Ce portail est électrifié à douze millions de volts.
Danger. Je répète : danger !

— On dirait la voix de P.P., dis-je.

Mathilde sauta à terre.

— Pierre-Paul ou pas, je n'ai aucune envie de finir en
saucisse grillée.

— Accès interdit à toute personne non-accréditée.
Veuillez décliner votre identité, reprit la voix.

Cette fois, plus de doute, c'était bien l'ignoble voix
de fausset de P.P., diffusée par le boîtier d'un parlophone à demi dissimulé dans les feuillages.

– C'est nous, lançai-je en collant la bouche sur l'appareil. Ouvre !

– Qui est *nous* ? Je répète : déclinez votre identité.

– Le pape et sa grand-mère ! hurlai-je. Qui veux-tu que ce soit ? Si tu n'ouvres pas tout de suite ce fichu portail, je vais faire un malheur !

Le parlophone gargouilla.

– D'accord, fit enfin la voix. Accès autorisé après identification visuelle.

Une minute plus tard, la silhouette rondouillarde de P.P. dévalait au petit trot l'allée embroussaillée qui descendait du donjon.

– Mes bons amis ! s'exclama-t-il en déverrouillant le portail. Pardonnez ces précautions obligatoires, mais on ne plaisante pas avec la sécurité. Avouez que votre tenue négligée méritait quelques vérifications.

– Notre tenue négligée ? explosa Mathilde. Figure-toi que nous avons failli être écrabouillés par un malade ! Et tout ça pour tes beaux yeux !

Je racontai à P.P. l'épisode de la Jeep tout en marchant vers la maison.

– Tirant une caravane, dis-tu ? répéta-t-il d'un air préoccupé. Inquiétant, en effet. Très inquiétant... J'ai bien fait de demander votre aide, mes bons amis, l'ennemi est à nos portes.

– Bah, dis-je. Il peut s'agir d'un vulgaire promeneur.

– Impossible, ce chemin ne mène qu'à la propriété.Et puis il m'a semblé apercevoir des phares qui rôdaient sur le sentier la nuit dernière... J'ai failli m'en ouvrir à mon hôte, mais j'ai eu peur de l'inquiéter inutilement.

– Je ne sais pas qui habite cette charmante bâtisse, mais ce doit être un sacré original ! remarqua Mathilde en pénétrant dans le hall de la demeure.

– Vous ne croyez pas si bien dire, chère Mlle Blondin ! Et vous, jeune Pharamon ! Entrez, entrez ! Bienvenue dans ma retraite des Corneilles !

L'homme qui venait à notre rencontre, bras ouverts, portait une veste d'intérieur, les cheveux coupés en brosse et une rose à la boutonnière.

– Monsieur Coruscant ! balbutia Mathilde en le reconnaissant. Vous ici !

– En personne, chère Mlle Blondin. Ce facétieux Culbert a cru spirituel de garder le secret, mais je vous avoue que j'ai bien failli me trahir vendredi, en vous souhaitant un bon repos dominical.

M. Coruscant n'est autre que notre prof d'histoire-géo. Un type tonitruant et excentrique avec lequel nous avons déjà vécu de nombreuses aventures. Mais le retrouver là, dans ce donjon moyenâgeux décoré de trophées de chasse et de meubles croulants, après l'avoir quitté vendredi au collège, avait quelque chose d'irréel.

Ainsi c'était lui le généreux bienfaiteur de P.P., l'homme qui défendrait son prototype devant le Club des Inventeurs ?

– Heureux de voir notre petite équipe à nouveau au complet, fit-il de sa voix de stentor. Venez, que je vous fasse les honneurs de la propriété. Figurez-vous que ce donjon appartenait autrefois à un ensemble plus vaste, construit en 1245 par le sieur Cornélius...

Je passe le long exposé qui suivit. Je suis nul en histoire, et je n'avais aucune envie de me payer un cours supplémentaire, surtout un week-end. Sachez seulement que M. Coruscant, en bon prof de vieilleries, était tombé amoureux de cette ruine, et qu'il consacrait ses congés à la retaper pièce à pièce.

Nous fîmes le tour du donjon, faisant mine de nous émerveiller. Pour ma part, je n'aurais pas donné dix francs de ce tas de pierres mité autour duquel tournoyait en croassant une bande de corneilles. P.P., lui, semblait aux anges, dégustant les propos de son bon maître avec un sourire d'extase, les mains jointes sur son estomac proéminent.

Parvenu devant un vaste hangar qui flanquait le donjon, il s'excusa avant de disparaître à l'intérieur. Il devait encore vérifier quelques détails sur son prototype et nous rejoindrait plus tard. Nous entendîmes une clef tourner dans la serrure, puis un fracas de marteau et de scie électrique se déchaîna au fond du bâtiment.

Sur quel engin diabolique travaillait-il là dedans ? Nous tentâmes d'interroger M. Coruscant tout en revenant avec lui vers le donjon.

– Vous connaissez ce cher jeune Culbert, expliqua-t-il avec un sourire indulgent. Un esprit de premier ordre, mais une imagination qui l'entraîne parfois loin de la rigueur scientifique ! Lorsqu'il m'a soumis les premiers plans de son invention, j'ai cru de mon devoir de pédagogue d'encourager ses tentatives.

– Mais le Club des Inventeurs ? interrogea Mathilde.

– Il est présidé par Stanislas de Bonnot, un Belge

excentrique et richissime. Pour ma part, j'en suis membre grâce à une modeste invention commise dans mes jeunes années : un moteur à base de jus de navet qui n'a pas eu, malheureusement, le retentissement que j'en espérais. A l'occasion du cinquantième anniversaire du Club, nous ouvrons un concours d'invention, et j'ai pensé que notre jeune ami pouvait y présenter sans honte son prototype, ma foi plutôt original, mais qui ne manque pas d'intérêt.

Nous n'en saurions pas plus pour l'instant, c'était clair.

M. Coruscant se proposa de nous conduire à nos chambres pour que nous puissions reprendre figure humaine.

– J'ai, pour ma part, expliqua-t-il, quelques copies à corriger. Si vous le voulez bien, nous nous retrouverons ce soir pour une petite collation.

Les chambres étaient aussi sinistres que le reste du bâtiment : de grandes pièces pleines de courant d'air, avec des tentures poussiéreuses, un lit vermoulu et des parquets qui grinçaient.

A peine débarbouillé, je rejoignis Mathilde dans la sienne.

– Une minute de plus dans cette baraque, dis-je, et je me transforme en hibou empaillé. Je sors prendre l'air.

– Je t'accompagne, dit-elle. N'oublie pas notre mission, Pierre-Paul a engagé notre tandem de choc pour le protéger. Pas question de te laisser agir en solo.

A vrai dire, je n'avais qu'une envie, réparer tranquillement mon vélomoteur en attendant le dîner. Mais vous connaissez les filles, à part les nouilles de la cantine, on ne fait pas plus collant.

– D'accord, dis-je en haussant les épaules. La journée est fichue, de toute façon.

– Au contraire, lança Mathilde en dévalant les escaliers. Les choses palpitantes ne font que commencer ! Fie-toi à mon intuition.

– Et elle te dit quoi, ton intuition ? Moi je nage en pleine semoule.

– Mon pauvre Rémi ! Utilise un peu ta cervelle. Opération numéro un : il faut en savoir plus sur l'invention de Pierre-Paul. Si M. Coruscant a décidé de la parrainer, c'est qu'elle concerne sa matière, l'Histoire.

– J'ai compris, dis-je. P.P. a inventé une machine à remonter le temps. Il compte l'utiliser pour rejoindre ses congénères du paléolithique.

– Très malin.

– Il a décidé de se faire sacrer Pierre-Paul 1er, empereur des fainéants...

– Un seul moyen de le savoir, coupa-t-elle. Fais-moi la courte échelle.

Nous étions parvenus devant le hangar où s'était enfermé P.P.. De l'intérieur nous parvenait un vacarme de coups de marteau et le rugissement d'une ponceuse électrique. Je ne sais à quoi travaillait P.P., mais il s'en donnait apparemment à cœur joie !

La construction n'était ouverte que par un unique vasistas. Mathilde eut beau s'y suspendre, impossible de voir quoi que ce soit. La couche de crasse qui recouvrait la vitre était aussi opaque qu'un rideau.

– Flûte ! dit Mathilde en essayant la porte à coulisse. Verrouillée de l'intérieur. Tant pis. Passons à l'opération numéro deux : comprendre par où a pu entrer la Jeep. Nous trouverons bien quelques indices.

Nous fîmes le tour de la propriété. De hauts murs la protégeaient des visiteurs indiscrets, redoublés par endroits d'un épais rideau de ronces. A l'extrémité est, le parc s'achevait sur une falaise à pic, interdisant tout accès. A moins d'un entraînement spécial commando, même un alpiniste chevronné n'aurait pu en escalader la paroi.

A force de chercher, nous trouvâmes cependant un passage : le long d'un petit bois, un pan du mur s'était effondré. Sur la terre encore meuble s'étalaient de larges empreintes de pneus crantés.

– Plus de doute, dis-je. P.P. avait raison. Notre chauffard n'était pas un promeneur égaré. Il a même accroché sa voiture sur les pierres en se frayant un chemin.

– Fouillons le coin, décréta Mathilde.

– Si ça t'amuse de jouer les Sherlock Holmes...

Nous nous mîmes à fureter en tout sens, le nez au sol. Apparemment, le chauffard était descendu de voiture : l'herbe était écrasée comme s'il avait piétiné là un long moment. L'endroit offrait un bon poste d'observation. Était-ce l'explication des lumières qu'avait cru voir P.P. dans la nuit ? Nous trouvâmes aussi un mégot de cigarette d'une marque inconnue, les débris d'un sandwich enveloppés dans du papier journal. C'était maigre, et même Sherlock Holmes n'aurait pu en tirer quoi que ce soit.

– Attends, s'écria Mathilde comme je m'apprêtais à rejeter dans l'herbe le reste du sandwich.

Elle défroissa le papier qui l'enrobait. C'était un article de journal à demi déchiré. On y voyait la photo d'un homme de grande taille qui tenait à la main une coupe en argent.

Stanislas de Bonnot, le richissime mécène, président du Club des Inventeurs, disait la légende.

L'article commençait ainsi :

« Les cinquante ans du Club des Inventeurs, patronné par le milliardaire belge Stanislas de Bonnot, seront l'occasion ce week-end d'un grand concours. Entre inventeurs et bricoleurs géniaux du monde entier, la lutte sera rude pour décrocher le titre envié de membre de cette illustre société... »

Le reste était trop taché de graisse pour être lisible.

– Bingo ! lança Mathilde. Le Club des Inventeurs ! P.P. avait deviné juste, quelqu'un en veut à son invention.

– Mais pourquoi ?

– Un rival, peut-être. Quelqu'un qui cherche à l'empêcher de concourir. Un espion à la solde d'une puissance étrangère. Comment savoir ? Mais à mon avis, l'inconnu à la Jeep ne s'en tiendra pas là. Il faudra ouvrir l'œil cette nuit.

Le soir était lentement tombé, allongeant au sol des ombres menaçantes. Un frisson me parcourut l'échine.

– Rentrons dîner maintenant, dis-je. J'ai l'estomac dans les talons.

– Mon pauvre Rémi ! fit Mathilde en levant les yeux

au ciel. L'ennemi guette, et toi tu ne penses qu'à bâfrer !

– Tu es drôle ! ripostai-je. J'ai une masse musculaire à entretenir, moi ! On ne m'a pas choisi comme garde du corps pour mon intuition.

– Ça, conclut Mathilde avec un ricanement, je ne te le fais pas dire. Tu en as à peu près autant qu'un fer à friser.

Nous revînmes lentement vers les Corneilles en nous chamaillant comme des poux.

En fait de tandem de choc, nous formions une fine équipe... Mais après tout, c'était de la faute de P.P. Cul-Vert : engager une fille comme garde du corps, c'était bien là l'idée la plus fumeuse qui ait jamais germé dans son cerveau tordu.

4
Alerte
au ptérodactyle

M. Coruscant est un vrai cordon bleu.

En fait de collation, il avait préparé l'un de ces dîners que l'on n'ose pas imaginer en rêve : steaks épais et saignants grillés dans la cheminée, pommes de terre sous la cendre et une fabuleuse charlotte aux poires. Le tout servi sur une table éclairée de chandeliers où trônaient des couverts en argent et trois assiettes de porcelaine.

Trois assiettes ? Seulement ?

– Désolé, mon brave Rémi, dit P.P. en devinant ma perplexité. Sur mon planning de surveillance, c'est ton tour de monter la garde.

Il portait son bleu de travail, ses lunettes étaient tachées d'huile et une rangée de tournevis dépassait de sa poche. Il en tira un chiffon et se moucha bruyamment avant d'ajouter :

– Mais rassure-toi, aussitôt après le dîner, je t'apporterai un sandwich sardine-crème de marron dont tu me diras des nouvelles.

– Pourquoi moi ? m'étranglai-je, les narines cha-
touillées par l'odeur de viande grillée.

– Simple affaire de galanterie, mon bon. Tu ne voudrais tout de même pas priver Mathilde de ce festin !

Allez répondre à ce genre d'arguments... La mort dans
l'âme, je tournai le dos au banquet, ignorant le petit sourire contrit que Mathilde m'adressait, et je rejoignis mon
poste de guet.

P.P. l'avait établi tout en haut du donjon.

Au bout d'un long escalier en colimaçon qui desservait
les chambres, on accédait à une plate-forme en plein air,
jonchée de nids et de fientes d'oiseau, mais qui offrait
une vue imprenable entre les créneaux à demi effondrés.

Par bonheur, j'avais emporté mon sac de couchage. Le
soir tombait, un petit vent frais s'était levé. Je me blottis-
sais contre la muraille, les jumelles à la main, quand un
grondement sourd me fit sursauter.

Mais non : ce n'était que mon estomac vide qui gar-
gouillait...

Un jour où l'autre, il faudrait que je fasse payer à P.P.,
pensai-je. La liste des tortures que je lui ferais subir me fit
du bien. La nuit était calme, silencieuse. J'avais peine à
imaginer qu'il puisse arriver quoi que ce soit. Et si nous
avions inventé un danger imaginaire ? Pris un simple
chauffard myope pour un as de l'espionnage technolo-
gique ?

En contrebas, la campagne était déserte. Pas un chat
non plus du côté du hangar dont j'apercevais le toit. Plus
à gauche, la vue tombait à pic jusqu'au pied de la falaise,
deux cents mètres plus bas au moins. Au souvenir du

Grand Huit, je sentis mes orteils se rétracter tout au fond de mes baskets. J'ai beau être le roi de la corde lisse et de l'escalade, j'ai horreur du vide. Des corneilles passaient en piaillant à ras de ma tête, il commençait à faire froid. Je me pelotonnai dans l'anfractuosité de la muraille, maudissant l'amitié et la vie de gorille.

Combien de temps dura ma garde ?

Le repas de M. Coruscant devait être fameux car personne ne vint prendre la relève.

A un moment, je crus voir le pinceau de deux gros phares s'allumer dans l'obscurité de la forêt, puis tout s'éteignit à nouveau. Je devais avoir rêvé.

Notre équipée en mobylette m'avait brisé, je sentais mes membres qui s'engourdissaient, mes paupières devenir lourdes.

Je dus m'endormir. Quand je m'éveillai, une main me secouait doucement.

– C'est moi, Mathilde... Tout va bien ?

– Je meurs de faim dans des souffrances atroces, mais à part ça, tout baigne ! Merci de te rappeler que j'existe encore.

– J'étais persuadé que P.P. était monté te relayer. Il a disparu après le dîner, sans doute dans le hangar. Regarde, on aperçoit une lumière par le vasistas.

La lune s'était levée, baignant le paysage d'une lueur bleutée. Je jetai un coup d'œil à ma montre fluorescente : deux heures trente du matin. Sans m'en apercevoir, j'avais piqué un bon roupillon.

– Rien en vue ? interrogea Mathilde en s'installant à mes côtés.

– Euh, non... La nuit est trop claire. Il ne se passera rien.

– Je t'ai apporté quelques restes. Viande froide et tranche de charlotte, j'espère que ça t'ira.

Chère bonne vieille Mathilde ! J'aurais pu manger des quenelles de dinosaure tellement j'avais faim.

Je me jetais sur le nourriture quand sa main me broya le poignet.

– Regarde ! En bas, près du hangar !

Je me penchai à mon tour et poussai un cri étranglé.

Le long du hangar s'étendait un vaste champ éclairé par la lune. Et là, quelque chose bougeait... Une ombre gigantesque, surhumaine, une... Comment vous la décrire sans que vous me preniez pour un menteur ? Imaginez une sorte d'animal immense, mi-oiseau mi-chauve-souris, qui tenterait de prendre son vol, battant pesamment des ailes et agitant un bec énorme !

Instantanément, mon sang se glaça dans mes veines. Incapables de bouger, nous vîmes l'horrible créature s'élever du sol, retomber lourdement, rebondir encore, planant sur quelques mètres avant de se reposer, les ailes battant l'air dans un flap-flap terrifiant.

– Un ptéro..., un ptéro..., un ptérodactyle géant ! bégaya Mathilde, retrouvant la première l'usage de la parole.

– Un ptéro-quoi ? bredouillai-je.

– Un monstre de la préhistoire, disparu il y a des millions d'années !

C'était à n'en pas croire nos yeux ! Un monstre de la préhistoire, ici, aux Corneilles ?

– Vite, cria Mathilde en sautant sur ses jambes.
M. Coruscant ! Il faut qu'il voie ça !

J'avais oublié notre brave prof d'histoire. Lui seul
pouvait nous donner la clef de ce prodige.

Comme des dératés, nous dévalâmes l'escalier
en colimaçon. Le temps de cogner à la porte de sa
chambre et M. Coruscant surgit, une chandelle à la
main, enveloppé dans une grande robe de chambre qui
lui tombait jusqu'aux pieds.

– Mes enfants, que se passe-t-il ?

Les cheveux hérissés sur la tête lui donnait l'air d'un
hibou qu'on vient de tirer de son sommeil.

Quand je raconterais ça aux copains de la classe,
pensai-je... Ce n'est pas tous les jours qu'on voit son
prof principal en chaussons et robe de chambre !

Mais déjà Mathilde l'entraînait, bredouillant des
explications incompréhensibles :

– Alerte au ptéro..., alerte au ptéro... !

– Et P.P. ? réalisai-je soudain. Où est-il ?

Je filai droit à sa chambre. Elle était vide. Enfin, si
l'on peut dire.... Un bric-à-brac invraisemblable
s'amoncelait sur le plancher : bouteilles de plongée,
vélo rameur, tuyaux coudés, planches de toute taille,
scie électrique, paquets de gâteaux éventrés, plans gri-
bouillés de calculs illisibles... Même Hercule, dans la
légende que nous avait racontée M. Coruscant, n'aurait pu nettoyer ces écuries d'Augias.

J'eus beau regarder sous le lit, dans les placards et la
salle de bains, pas de P.P. Disparu. Envolé. Introu-
vable.

Du P.P. Cul-Vert tout craché, pensai-je avec irritation... Jamais là quand ça chauffe. Où était-il encore allé se fourrer ? Je l'imaginai un instant dans la cuisine, se gavant de corn flakes au ketchup et autres friandises immondes, prêt à se cacher à la moindre alerte pour ne pas partager... Il serait furieux en apprenant qu'il avait raté l'apparition d'un ptérodactyle géant, mais tant pis, ça lui ferait les pieds.

Me ruant hors de la chambre, je rejoignis Mathilde et M. Coruscant.

Que ceux d'entre vous qui rêvent d'être garde du corps, agent secret ou karatéka y réfléchissent à deux fois. Quand vous lirez ce qui va suivre, je parie que vous aurez envie de vous recycler immédiatement dans des activités moins dangereuses, les collections de timbres par exemple ou la peinture sur soie.

Fermez un instant les yeux et imaginez la scène : au pied d'un donjon en ruines silhouetté par la lune, votre copine Mathilde et un prof d'histoire en robe de chambre, à demi réveillé, qui contemplent quelque chose, comme pétrifiés d'effroi.

Cette chose, c'est un ptérodactyle géant, un oiseau carnivore de la préhistoire qui repose dans un champ, les ailes affaissées, semblable à une grosse baudruche dégonflée.

– Est-ce que vous nous croyez, maintenant ? dit enfin Mathilde.

M. Coruscant avait chaussé ses lunettes dont les verres luisaient dans l'obscurité tels les yeux d'une grosse mouche.

– Par la barbe de saint Georges ! murmura-t-il. Écoutez !

Nous dressâmes l'oreille. M. Coruscant a beau être myope comme une taupe, il entendrait le froissement d'une antisèche qu'on déplie à des kilomètres à la ronde. Malgré les feuillages qui bruissaient, le sang qui me battait aux tempes, je perçus à mon tour un vrombissement lointain.

– Un moteur, dis-je. Il se rapproche.

– 4X4, confirma M. Coruscant. Un engin tout terrain. Culbert avait raison. Il y a quelqu'un dans la propriété !

Au même instant des phares puissants trouèrent la nuit, balayant la façade du donjon et nous forçant à nous rejeter dans l'ombre.

– La Jeep ! hurla Mathilde. Le conducteur fou !

Il n'y avait aucun doute : c'était bien la Jeep qui avait failli nous écraser sur le sentier. Haute sur roue, maculée de boue, elle tirait une remorque de belle taille, semblable à celle qui servent à transporter les chevaux.

Elle manœuvra, emprisonnant dans le faisceau de ses phares la carcasse du ptérodactyle, inoffensif et pitoyable maintenant comme un lapin pris au piège.

Puis la portière s'ouvrit. Une silhouette d'homme vêtu de noir sauta lestement à terre et se dirigea vers le ptérodactyle, tirant derrière elle ce qui ressemblait au filin d'un treuil.

– Ne bougez surtout pas, ordonna M. Coruscant. Il ne nous as pas vus. La moindre imprudence nous trahirait.

Bouger ? Il en avait de bonnes. Serrés l'un contre l'autre derrière le tronc épais d'un épicéa, Mathilde et moi tremblions comme des feuilles.

– Pince-moi, murmura Mathilde. Dis-moi que ce n'est qu'un cauchemar absurde.

J'avoue que, sans M. Coruscant, j'aurais pris mes jambes à mon cou et battu le record intergalactique du 100 mètres. Le ptérodactyle allait se réveiller, sauter sur l'homme et le transformer en trois coups de bec en pâtée pour chiens. Même s'il avait manqué nous écraser, je ne voulais pas voir ça.

L'homme n'était plus qu'à deux pas, tirant toujours son filin, lorsque l'aile du monstre se souleva. Je fermai les yeux. Quand je les rouvris, une silhouette rondouillarde émergeait de sous la carcasse du ptérodactyle, clignant des yeux dans la puissante lumière des phares.

– Culbert ! beugla M. Coruscant. Culbert, prenez garde à vous !

C'était P.P. Cul-Vert ! Ce brave P.P., coiffé d'un casque de pilote d'aéroplane, le visage noir de graisse et tenant à la main une clef à mollette.

De l'homme ou de P.P., je ne sais lequel des deux fut le plus surpris. Un instant, ils se firent face, l'un immense et longiligne, l'autre bedonnant et court sur pattes. La grenouille qui veut se faire plus grosse que le bœuf, pensai-je malgré moi.

Deux cents bons mètres nous séparaient de la scène, éclairée comme un ring de boxe par les phares de la Jeep. Impuissants, nous vîmes l'homme faire un pas, P.P. se ramasser en boule.

– A l'aide ! cria-t-il. A moi la garde !

Le choc fut terrible. N'écoutant que son courage, il avait foncé droit sur son assaillant, visant l'estomac. Soixante kilos de matière grise et de morue aux raisins secs lancés comme un boulet ! Je n'aurais pas souhaité ça à mon pire ennemi...

– Tenez bon, Culbert ! lança M. Coruscant en se débarrassant de sa robe de chambre. Nous arrivons !

Puis, se tournant vers nous :

– Sus à l'ennemi ! ordonna-t-il.

Déjà il s'élançait, coudes au corps, dans une curieuse petite foulée que rendait plus étrange encore le pyjama rayé et les chaussons qu'il portait. Je partis en sprint, suivi par Mathilde.

Le temps que nous franchissions la haie de broussailles qui nous séparait du champ, P.P. était déjà en

mauvaise posture. L'homme l'avait empoigné à bras le corps et emportait sa masse gigotante vers la Jeep aussi facilement qu'il aurait manié un oreiller de plumes rembourré.

Ouvrant la portière, il le jeta à l'intérieur, grimpa à son tour et mit le moteur en marche.

Je tentai de m'agripper à la poignée, mais le démarrage fut trop brutal. J'eus l'impression que l'accélération m'arrachait les doigts. Perdant l'équilibre, je fis un roulé-boulé sur le côté et m'écrasai le nez dans les herbes.

– Rien de cassé ? haleta Mathilde en m'aidant à me relever.

Je secouai la tête. Mon corps ne devait plus être qu'un bleu géant, mais c'était sans importance. J'étais arrivé trop tard.

Moteur hurlant, la Jeep franchissait le portail, les feux de la remorque vide tressautant sur les pierres du sentier.

Une seconde encore et elle disparaissait parmi les arbres.

On venait d'enlever P.P. Cul-Vert !

– Vite ! trépigna Mathilde. Il faut se lancer à leur poursuite.

– Mais comment ? dis-je, accablé. La mobylette a rendu l'âme.

– La voiture de M. Coruscant...

– Inutile, fit ce dernier en nous rejoignant. Ce n'est qu'un vieux tacot. Le temps de la mettre en route, le ravisseur sera déjà loin.

– Que faire alors ? Pierre-Paul est en danger !

M. Coruscant se frotta le menton.

– Je ne vois qu'une solution...

– Laquelle ?

– Le ptérodactyle !

Jusque alors le sang-froid de M. Coruscant m'avait étonné. Mais là, c'était trop fort : le pauvre homme venait de disjoncter.

– Le ptérodactyle ? répéta Mathilde, aussi hébétée que moi.

– Ne perdons pas une minute, dit M. Coruscant en nous entraînant vers la carcasse menaçante qui gisait toujours dans le champ. Vous allez comprendre.

J'imagine que de plus malins que moi l'auront deviné. Mais en découvrant ce qu'était le monstre qui nous avait terrifiés, je dus ouvrir des yeux ronds comme des soucoupes car M. Coruscant ne put s'empêcher d'éclater de rire :

– Du bois et de la toile, mon cher Pharamon ! Une inoffensive machine volante mue par des ailes articulées dont le jeune Culbert a dessiné les plans.

– Vous voulez dire que c'est ça, l'invention de P.P. ? Un ptérodactyle à pédales ? s'écria Mathilde.

– Conçu selon les plus fidèles descriptions des préhistoriens, en effet. Comprenez-vous son importance, maintenant ? Grâce à ce prototype, la science va enfin pouvoir comprendre comment un animal si lourd pouvait s'élever dans les airs. Tout est reproduit à l'échelle, dans le moindre détail. J'ai moi-même donné quelques conseils à son concepteur.

– Et ça marche ?

– Nous n'allons pas tarder à le savoir, mademoiselle Blondin, dit-il d'un ton résolu.

Il se coiffait du casque de pilote que P.P. avait perdu dans la bataille quand je réalisai ce qu'il comptait faire.

– Attendez, protestai-je. Pas question de monter dans ce truc-là !

– Il est prévu pour deux passagers mais en supportera bien un troisième, expliqua M. Coruscant en se glissant dans l'étroit habitacle. Par la falaise, en utilisant les vents ascendants, nous avons une chance de les rattraper.

– La falaise ? Les vents ascendants ? répétai-je en déglutissant difficilement.

– Tu veux sauver Pierre-Paul, oui ou non ? s'indigna Mathilde.

C'était le cauchemar du Grand Huit qui se répétait. Sauf que cette fois, nous allions plonger dans le vide dans une machine conçue par le cerveau dément de P.P. Cul-Vert. Mais comment faire autrement ?

Il nous fallut à peine une minute pour pousser le ptérodactyle à pédales jusqu'au bord de la falaise.

La structure de l'engin était très légère malgré sa taille imposante. Deux longues ailes de toile, un habitacle constitué d'une double selle et d'un pédalier de tandem, le tout fixé sur un fuselage de bois évoquait la forme d'un rapace de la préhistoire.

M. Coruscant avait pris les commandes. Tant bien que mal, je me glissai sur la selle arrière, Mathilde cramponnée en croupe.

– Hardi ! tonitrua M. Coruscant. Volons au secours du jeune Culbert !

Nous étions à quelques mètres encore de l'à-pic. Unissant nos efforts, nous donnâmes un premier coup de pédale. La machine s'ébranla dans un grincement atroce, commença à rouler, les ailes battant à l'unisson de plus en plus vite.

Pas assez vite cependant. Le bord du gouffre se rapprochait, jamais nous ne parviendrions à décoller avant ! Le ptérodactyle tressautait, trop lourdement chargé pour prendre son envol.

Fermant les yeux, je m'arquai dans un dernier effort sur les pédales.

Quand je les rouvris, il n'y avait plus que la nuit en face de nous, un vide immense, vertigineux.

Mathilde poussa un cri, s'agrippant à moi tandis que nous tombions comme une pierre dans l'obscurité.

5
Banzaï !

« Trop chargés, pensai-je. Nous sommes trop chargés ! Nous allons nous écraser au sol et faire une belle omelette ! »

M. Coruscant et moi avions beau pédaler comme des dératés, le battement des ailes n'était pas suffisant pour nous porter. Nous perdions de l'altitude à une vitesse effrayante, fermant les yeux pour ne pas céder à la panique.

Mais c'était sans compter le génie de P.P. Cul-Vert : au moment où je nous croyais perdus, l'avant se redressa, les ailes se gonflèrent, stabilisant notre descente. Malgré les essais piteux auxquels nous avions assistés, Mathilde et moi, depuis le donjon, le prototype fonctionnait.

– Nous planons ! Nous planons !

P.P. avait conçu la machine pour son poids considérable. Ses calculs s'avéraient justes, et j'eus la première pensée émue de ma vie pour les mathématiques.

Nous survolions maintenant une vaste étendue obscure, les ailes couinant à qui mieux mieux, laissant derrière nous la silhouette illuminée du donjon. Mais la forêt était épaisse, la nuit impénétrable. Comment repérer la Jeep à travers les épaisses frondaisons ?

Maniant le gouvernail d'une main sûre, les oreillettes flottant au vent, M. Coruscant fit effectuer à l'appareil une large boucle.

– Pilote à poste d'observation : j'attends votre rapport.

– Là, sur la droite, à deux heures ! Des lumières ! s'écria Mathilde, cramponnée à mon blouson.

La selle que nous partagions était si étroite que je dus me cramponner au guidon pour risquer un œil par-dessus bord. Le vertige me saisit aussitôt : à cent cinquante mètres en dessous de nous, deux phares parallèles, gros comme des têtes d'épingles, étaient apparus entre les feuillages.

C'était la Jeep qui emmenait P.P.

– Banzaï ! hurla M. Coruscant en poussant le gouvernail à fond.

Le ptérodactyle piqua du nez, fonçant sur sa proie dans un grand craquement de voilure.

J'eus l'impression que la peau de mon visage se plaquait sur mes pommettes. L'appareil descendait en piquet, droit sur les limites de la forêt.

Jamais nous n'allions pouvoir nous redresser, pensai-je, le corps raidi en arrière. La cime des arbres se rapprochait à une vitesse terrifiante, quelques branches fouettaient déjà la base du fuselage.

A la dernière seconde, M. Coruscant inversa les commandes. Le prototype se cabra, manquant de m'arracher de ma selle. Un quart de seconde, il resta suspendu le bec en l'air, puis, reprenant miraculeusement son assiette, sauta par-dessus les derniers sapins.

Juste à temps. La Jeep émergeait à son tour de la forêt, moteur rugissant.

Une longue ligne droite s'ouvrait à travers la prairie. La Jeep s'y engagea, la remorque tanguant dangereusement sur le revêtement inégal de la route. Emportés par notre vitesse, nous parvînmes à sa hauteur, volant en rase mottes au risque de nous écraser.

– Du nerf, Rémi, du nerf ! Ils vont nous distancer ! m'encouragea Mathilde, labourant mes jambes de ses talons comme on éperonne un cheval.

– Si tu crois que c'est facile, m'époumonai-je. Je ne suis pas Jalabert !

Mais que peuvent deux malheureuses paires de mollets contre un moteur surpuissant de 4X4 ? Notre ptérodactyle à pédales n'avait aucune chance. Nous perdions inexorablement du terrain et le conducteur de la Jeep dut le sentir car il passa le bras à la portière, agitant la main en un ironique salut d'adieu.

Mal lui en prit. La Jeep fit un écart, manqua percuter le bas-côté. Au dernier instant, le conducteur redressa sa course. Trop violemment sans doute car la remorque chassa, bascula sur le côté avant de se coucher dans un affreux craquement d'essieu, stoppant net la Jeep dans son élan.

– Hourra ! Nous avons gagné ! tonitrua M. Coruscant, lâchant le gouvernail pour lever les bras en signe de triomphe.

Catastrophe... Livré à lui-même, le ptérodactyle tomba comme une feuille morte.

Il y eut un grand crac, le cri de Mathilde, une pluie soudaine de lattes déchiquetées.

Rebondissant sur le ventre, l'appareil explosa en petits morceaux comme nous touchions le sol, nous projetant dans l'herbe heureusement épaisse qui amortit un peu le choc.

J'avais déjà vu ça au cinéma, des jets qui se crashent en tentant d'atterrir sur le pont d'un porte-avions... Mais en direct et sans trucage, à bord d'un prototype préhistorique, je crus que mon cœur allait s'arrêter.

Des débris de fuselage volaient dans tous les sens, M. Coruscant, en pyjama et casque de pilote, passa devant mes yeux au ralenti, l'air hébété d'un type qui vient de s'asseoir par inadvertance sur un siège éjectable.

Par chance, je fais du judo. Je partis en roulé-boulé, Mathilde toujours cramponnée à mes épaules. Nous achevâmes notre course sur une taupinière, de la terre plein les yeux, mais sans casse véritable.

– Et M. Coruscant ? balbutia Mathilde, reprenant ses esprits avec peine.

Inutile de nous inquiéter pour lui. Notre prof d'histoire est plus solide qu'une pyramide. Il avait perdu ses chaussons, son front s'ornait d'une bosse mais il se ruait déjà vers la Jeep immobilisée, prêt à en découdre avec le ravisseur de P.P.

Rien à craindre de ce côté-là. A moitié groggy, l'homme descendit de la voiture et s'affala sur le marchepied.

C'était un type de haute taille, aux cheveux argentés retenus en arrière par une queue de cheval.

– J'ai perdu, bredouilla-t-il. Je me rends, Aristide.

– Stanislas ? fit M. Coruscant interloqué. Stanislas de Bonnot ?

C'était le président du Club des Inventeurs, le Belge milliardaire dont nous avions découvert la photo sur le bout de papier journal.

Ainsi, c'était lui le mystérieux chauffard, le ravisseur de P.P., son rival acharné ? Je n'y comprenais plus rien. Quel intérêt avait Stanislas de Bonnot à saboter son propre concours en s'en prenant à un candidat comme P.P. ?

M. Coruscant s'assit à ses côtés sur le marchepied.

– Mais pourquoi, Stanislas ?

– Un coup de folie, expliqua piteusement de Bonnot. Je ne sais pas ce qui m'a pris. Toute ma vie, j'ai rêvé de créer, d'inventer, de construire. De figurer au rang des bienfaiteurs de l'humanité, même pour une invention modeste. Le fil à couper le beurre m'aurait suffi, je t'assure... Mais voilà, malgré mon immense fortune, je n'ai jamais rien su fabriquer de mes mains. Toutes mes expériences ont tourné à la catastrophe. Tiens, à dix ans déjà, je faisais sauter l'aile nord du château familial avec la mallette du Petit Chimiste que j'avais reçue à Noël. Imagine ma frustration : présider le Club des Inventeurs alors que je n'ai jamais su faire bouillir un œuf ni enfoncer un clou correctement !

M. Coruscant hocha la tête. Stanislas de Bonnot était si pitoyable que, pour un peu, nous l'aurions plaint.

– Et puis il y a eu ce concours d'invention, pour les cinquante ans du Club, reprit-il. J'ai eu envie de prendre ma revanche, de présenter enfin quelque chose après toutes ces années d'échecs... J'ai travaillé nuit et jour, dessiné des plans, cherché dans toutes les directions... Et pour quel résultat ?

Il tira de sa poche ce qui ressemblait à une sorte de gros taille-crayon :

– Voilà, dit-il d'un ton lugubre. Le plus petit modèle d'aspirateur de poche du monde.

– Astucieux, approuva M. Coruscant.

– Tu trouves vraiment ? Le problème, c'est que mon aspirateur miniature fonctionne à l'aide d'une batterie de quarante kilos, ce qui est un peu lourd à glisser dans une poche... Alors, quand tu m'as parlé de l'invention du jeune Culbert, j'ai compris que je n'avais aucune chance de remporter le prix. Il ne me restait qu'une solution : l'empêcher de concourir en m'emparant de sa machine. Pris sur le fait, j'ai paniqué, mais je te jure que je ne lui aurais fait aucun mal. Je voulais seulement l'écarter le temps du concours.

– Merci bien, les amis ! glapit à cet instant une petite voix geignarde.

C'était P.P., l'œil au beurre noir, les cheveux en bataille, qui sortait à son tour de la Jeep.

– Est-ce que ça va ? s'enquit Mathilde en l'aidant à descendre.

– Mon petit corps douillet ne survivra sans doute pas aux mauvais traitements qu'on lui a infligés, mais qu'importe ! Continuez à vous occuper de cet olibrius, fit-il douloureusement. C'est le destin des grands hommes que de mourir seuls, ignorés de tous...

– Je te rappelle quand même que nous venons de te sauver, s'indigna Mathilde.

Mais P.P. ne l'écoutait plus. Il courait dans la prairie, hagard, contemplant ce qu'il restait de l'épave de son invention.

– Le Culberodactyle ! gémit-il en ramassant des morceaux épars . L'œuvre d'une vie ! Brisé ! Ratatiné ! En miettes !

Son désespoir faisait peine à voir. C'en était fait de ses ambitions d'entrer au Club des Inventeurs.

– Je vous aiderai à le reconstruire, proposa Stanislas de Bonnot, ému lui aussi. Je mettrai mon immense fortune à votre disposition s'il le faut. Je vous dois bien ça, mon garçon.

Au mot de « fortune », les yeux de P.P. parurent s'écarquiller. Stanislas de Bonnot avait fait mouche. La radinerie de P.P. est aussi légendaire que sa prétention. Pivotant sur les talons, il revint au petit trot vers son généreux bienfaiteur :

– Immense fortune, dites-vous ?

– Sans limite, fit de Bonnot tristement.

– J'accepte, alors. De tout cœur. Mais foin des inventions. Le Culberodactyle restera mon chef-d'œuvre inégalé. Si vous consentez à financer mon nouveau projet, j'oublierai les mésaventures d'aujourd'hui.

Nous nous écriâmes d'une seule voix :

– Un nouveau projet ? Mais lequel ?

P.P. mit l'index sur ses lèvres avec un sourire mystérieux.

– Vous le saurez bien assez tôt.

6
Le grand jour

Si vous voulez connaître le dénouement de cette aventure, je vous renvoie au bulletin d'anniversaire du Club des Inventeurs.

La cérémonie eut lieu au siège du Club, un bel hôtel particulier plein de fauteuils profonds et de cheminées.

Un peu impressionnés, nous y fûmes admis, Mathilde, P.P. et moi, parmi une foule de savants barbichus qui parlaient toutes les langues et fumaient des cigares.

Puis le jury entra et un grand silence se fit. L'instant était solennel. P.P., assis à mes côtés, retenait son souffle, le visage écarlate. Mais que pouvait-il encore espérer sans le ptérodactyle ?

– Il me reste un atout dans la manche, souffla-t-il dans mon oreille. Apprends, mon bon Rémi, qu'un Culbert ne s'avoue jamais vaincu.

Stanislas de Bonnot, vêtu d'une veste à queue de pie, ouvrit la séance par un rapide discours.

– Messieurs les membres du jury, chers amis et membres du Club, commença-t-il. Avant que ne commence le concours d'invention, il nous faut procéder à l'élection d'un nouveau président pour notre Club. Je ne me représenterai pas. D'autres tâches m'attendent désormais. Mais je propose à vos suffrages mon ami le professeur Coruscant, que vous connaissez tous, et dont vous avez pu apprécier depuis tant d'années l'efficacité et le punch.

La proposition fut accueillie par un tonnerre d'acclamations. Nous n'étions pas peu fiers : notre prof principal devenait président du Club des Inventeurs ! Il serra chaleureusement la main de Stanislas de Bonnot, et le concours commença.

Tour à tour, plans à l'appui, chacun des candidats vint faire la démonstration de son prototype.

Le premier présenta une paire de bretelles conçue spécialement pour le saut à l'élastique. On les attache à la pile d'un pont, et hop ! il n'y a plus qu'à sauter.

Le second concurrent présenta un dénoyauteur d'olives électrique. Quand il le mit en marche, une grêle de noyaux partit dans tous les sens, bombardant le jury.

Éliminé.

Il y eut aussi un curieux cendrier, spécialement conçu pour les gens qui veulent arrêter de fumer : chaque fois qu'on en approchait la main, il se refermait d'un claquement, comme un piège à loup.

Trop dangereux, décréta le jury.

Je ne me souviens pas de toutes les inventions qui furent présentées. Il y en avait trop : les premières chaussettes comestibles, un périscope qu'on glisse par la fenêtre pour regarder la télé des voisins, des rétroviseurs pour lunettes de soleil, un skateboard à propulsion atomique...

Quand ce fut au tour de P.P., il disparut en coulisses et revint quelques instants plus tard avec une cocotte-minute fumante et une poignée d'assiettes.

Mathilde laissa échapper un cri d'horreur.

Faute de montrer le Culberodactyle, P.P. s'était rabattu sur une recette inédite, spécialement cuisinée pour l'occasion.

– La fricassée de cervelle à la Culbert, et son coulis de fruit rouge ! annonça-t-il avec grandeur. Une invention destinée à révolutionner la gastronomie française !

Mais aucun membre du jury ne parut apprécier l'échantillon gluant que P.P. offrait à la dégustation. La délibération fut rapide : recalé à l'unanimité.

Vexé, P.P. revint à sa place et bouda tout le reste du concours.

L'heureux gagnant fut un Italien, qui présenta le premier modèle de masque à oxygène domestique, spécialement conçu pour éplucher les oignons sans pleurer. Le jury le félicita, puis M. Coruscant lui remit solennellement son diplôme de nouveau membre du Club des Inventeurs.

– Alors, pas trop déçu ? demandai-je en rejoignant P.P. près du buffet où il se gavait de petits choux.

– C'était génial ! renchérit Mathilde.

– Ridicule, dit P.P. Des amateurs. Le menu fretin de la bricole. Les nains de la haute technologie. Je faisais déjà mieux à la maternelle.

– Allons, Culbert, restez beau joueur, le consola M. Coruscant. Vous aurez votre chance une prochaine fois. Mais sachez que par mesure extraordinaire, les plans de votre Culberodactyle figureront désormais dans les archives du Club.

– Dans les archives du Club ? répéta P.P. en se rengorgeant soudainement.

– A une condition, reprit M. Coruscant en toussotant. Que vous renonciez à faire don de votre... euh... fricassée de cervelle aux membres de ce club vénérable. Je crains qu'ils ne survivent pas à tant d'audace... euh... gastronomique.

– J'accepte, dit P.P. Mais vous ratez quelque chose, je m'étais inspiré d'une recette de la préhistoire !

– Je comprends mieux, alors, fit M. Coruscant en hochant lentement la tête.

– Quoi ? L'étendue de mon génie ?

– Non. Pourquoi les dinosaures ont disparu.

Il cligna de l'œil vers nous et s'éloigna, laissant P.P. s'étrangler avec le petit four qu'il venait de gober imprudemment.

Quant au projet de P.P. avec le richissime de Bonnot, nous n'en entendîmes plus parler jusqu'à un certain mercredi, quelques semaines plus tard.

J'avais rendez-vous avec Mathilde, mais pour aller au cinéma cette fois. Plus question de fêtes foraines ni de Grand Huit ! J'avais retenu la leçon, et même pour l'épater, on ne m'y reprendrait plus.

Elle arriva, préoccupée, et me dit aussitôt :

– J'ai reçu un étrange courrier.

– C'est drôle, fis-je en tirant une enveloppe de ma poche. Moi aussi.

Il était arrivé le matin par la poste.

C'était un formulaire d'inscription sur papier glacé, en haut duquel trônait un portrait de P.P. grotesquement coiffé d'une couronne de lauriers.

Mais le plus incroyable était le texte.

Il m'avait fallu le relire plusieurs fois pour en croire mes yeux.

Voilà ce qu'il disait :

Rejoins-toi aussi le fan-club de Pierre-Paul Louis de Culbert. Bientôt des millions de membres à travers le monde ! Pour la modique somme de cent francs (timbres de collection acceptés), reçois des photos dédicacées de ton héros, ses recettes originales et les reproductions de ses bulletins de notes.

Ce Club, placé sous la présidence de Stanislas de Bonnot, organisera chaque année un pèlerinage réservé aux adhérents sur les lieux que le grand homme a illustré de son auguste présence.

Les premiers adhérents recevront en cadeau une pièce unique : un fragment du Culberodactyle, invention prodigieuse dont l'incompétence de deux sous-fifres a privé l'humanité.

– L'incompétence de deux sous-fifres, hein ? répéta rêveusement Mathilde en repliant la lettre. Je crois qu'une inscription d'urgence s'impose. Qu'en penses-tu ?

– Dès ce soir, fis-je sur le même ton. Le fan-club de P.P. Cul-Vert va recevoir une visite musclée dont il se souviendra longtemps.

– A propos, dit Mathilde en laissant échapper un sourire, tu sais que je mijote moi aussi ma petite invention ?

– Ah ! bon. Et laquelle ?

– La machine à fesser P.P. Cul-Vert.

Nous éclatâmes tous deux de rire avant de partir bras dessus bras dessous vers de nouvelles aventures.

Fin

Un gros carnet boursouflé et moisi, serré par un élastique... Sur la couverture, une étiquette à cahier avec ce titre : Carnets secrets de P.P. Cul-Vert...

J'ai trouvé ce calepin sous le matelas de P.P., un jour qu'il était à l'infirmerie.

L'occasion était trop belle. Incapable de résister à la curiosité, je l'ai apporté à Mathilde.

– Tu crois qu'il nous en voudra de le lire ? j'ai demandé.

– Tant pis pour lui s'il l'a laissé traîner, a décrété Mathilde en faisant sauter l'élastique. Fais comme tu veux, mais moi, je veux savoir ce qu'il mijote !

Après tout, ce n'est pas tous les jours qu'on a un génie pour copain...

Elle ne pensait pas si bien dire : les pages du carnet étaient couvertes de pattes de mouche et de dessins cabalistiques.

Quand je l'ai remis discrètement sous le matelas de P.P., je n'arrivais pas à croire ce que j'avais lu.

Un génie, P.P. ? A vous de juger.

Mais avec tout ce qu'on avait appris sur lui, il n'avait pas intérêt à la ramener quand il sortirait de l'infirmerie, foi de Rémi Pharamon !

FIAT LUX

CE CAHIER APPARTIENT À

Les carnets secrets de

Pierre Paul Louis De Culbert

œuvres presque complètes

vol. 1

Illustrés par Jean-Philippe Chabot

N'ouvrir sous aucun prétexte!

TOP SECRET

Les conseils du
parfait détective

Ne cherchez
pas plus loin,
je suis là!!

Ma modestie légendaire
dût-elle en souffrir,
je suis bien conscient de
l'admiration unanime soulevée
par mes exploits.

Comment un petit être si délicat,
quoique légèrement enrobé, a-t-il
pu triompher ainsi, aventure après aventure,
des malfaiteurs les plus rusés et les plus
dangereux?

Il appartient aux historiens de répondre.

Je compte aussi léguer mon cerveau mirifique
à la science : en l'étudiant, peut-être saura-
t-elle résoudre le palpitant mystère posé par
mon génie. Une chose est sûre, en tout cas :
seule une technique sans faille et un entraînement quasi professionnel m'ont permis de
devenir ce jeune et brillant détective grassouillet que tant de nations nous envient.

Je sais combien Rémi Pharamon et Mathilde
Blondin, que j'ai daigné quelquefois associer
à mes exploits, brûlent de connaître mes
secrets. Ils préféreraient se faire couper en
quatre plutôt que de le reconnaître, mais je
suis trop fin psychologue pour ne pas savoir
interpréter cette lueur d'admiration qui
éclaire parfois leur faciès envieux.

Ma générosité naturelle m'a décidé à leur
faire ce cadeau. Voici quelques-uns des secrets
qui font les grands détectives.

70

MATÉRIEL

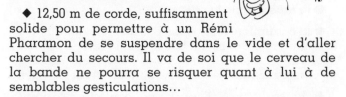

Faaaaacile !

La trousse du parfait détective doit être légère, facilement transportable et prête en toute occasion. Que doit-elle contenir?

◆ 12,50 m de corde, suffisamment solide pour permettre à un Rémi Pharamon de se suspendre dans le vide et d'aller chercher du secours. Il va de soi que le cerveau de la bande ne pourra se risquer quant à lui à de semblables gesticulations...

◆ une loupe à indices. Vous pouvez, pour éviter une dépense coûteuse, emprunter la loupe de philatéliste de votre sœur ou copain préféré.

◆ une épingle à cheveux pour crocheter les serrures. Ne pas oublier, pour cela, de se munir d'une fille à chaque aventure.

◆ quelques pièces de déguisement pour filatures discrètes : chapeau melon, faux nez, moustaches collantes, imperméable couleur de muraille...

◆ quelques provisions de survie : biscuits, choucroute en boîte, réglisses, maquereaux au vin blanc, réchaud à gaz, poulet froid, tube de mayonnaise ou de crème de marron...

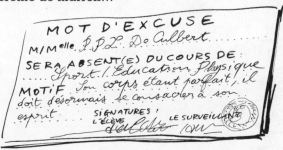

MOT D'EXCUSE
M/Melle P.P.L. De Culbert
SERA ABSENT(E) DU COURS DE :
Sport / Education Physique
MOTIF Son corps étant parfait, il doit désormais se consacrer à son esprit
SIGNATURES :
L'ÉLÈVE   LE SURVEILLANT

La rubrique des armes mérite à elle seule quelques développements. Un collégien détective peut se sentir parfois singulièrement démuni face à un adversaire cruel et déterminé... Comment se défendre? Voici quelques armes et techniques brevetées, à n'utiliser qu'en cas d'extrême urgence:

● la fuite à toute jambe.

● la corruption. N'oublions pas que le malfrat le plus sanguinaire est aussi un homme! Lui offrir de partager avec lui un reste de choucroute froide peut servir de précieuse monnaie d'échange, surtout s'il est Alsacien!

● la sarbacane jivaro: une boulette de papier mâchonnée et gluante projetée par le tube d'un stylo à bille deviendra un vrai missile entre des mains expérimentées.

● N'oublions pas, enfin, qu'une chaussette portée durant deux mois peut s'avérer une arme redoutable! Appliquée sous le nez de l'adversaire, ou lancée dans un espace clos selon la technique de l'enfumage, elle viendra à bout du méchant le plus coriace!

Qualités du parfait détective :

Au risque de faire mon propre portrait, je livre ici quelques qualités indispensable pour faire de vous un jeune Sherlock Holmes:

◇ la curiosité
◇ le sens de la déduction
◇ la ruse
◇ le courage
◇ l'abnégation
◇ l'agilité
◇ la modestie

MES RECETTES DE CUISINE

Voici quelques recettes très simples, mitonnées par
mon cerveau génial. Essayez-les sur vos amis. Vous
verrez, ils n'en reviendront pas!

Le délice de l'océan à la Culbert

A l'aide d'un canif suisse, celui de Rémi
par exemple, ouvrez une boîte de sardines
à l'huile. Déposez les sardines
sur un vieux buvard pas
trop mâchonné.
Quand l'huile est bien absorbée,
ouvrez les sardines et tartinez-en délicatement
l'intérieur avec une bonne cuillerée
de la crème de marron.
Disposez-les sur une assiette.
C'est prêt.

Sardines

Canif de Rémy

LA CANCALAISE

crème de marrons

Conseil de présentation:
pour agrémenter le plat, vous pouvez décorer chaque
sardine d'une noix de crème chantilly et de quelques
raisins secs.

Machonnage du Buvard

Buvard — Glomps! — chomp chomp — Ptou!

73

Moi (1987)

La dynastie des De Culbert

Argonne 1915

Mon arrière grand-père (Le Maréchal Louis-Auguste-Désiré De Culbert).

Place Rouge Moscou 1959

Alexandrine De Culbert (Grand-Maman)

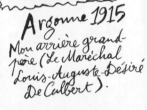

Mon chien (Athéna)

Neuilly 1949

Naissance de mon auguste Pa[p]

Megève 1937

Joinville
Le pont
1928
(Mon grand-
père
François Henri
Guillaume DeCulbERt)

St Germain
L'Auxerrois 1875
(communion de
Louis Auguste
Désiré deCulbert)

(ici avec
sa grand-
mère)

San Diego 1972

Mes parents
(ils ont l'air un
peu fatigués!)

Enghien
1983

Les boutons
de manchette
de notre
famille

Le camembert en chemise façon Culbert

Cette recette, plus élaborée, demande un peu
de préparation. Choisir d'abord un camembert
bien coulant, et le laisser
vieillir une bonne
semaine dans un endroit
sec et chaud.

*La foudre
de l'enfer!*

Le conseil du chef:
j'utilise pour ma part
le radiateur de
l'internat.

*une superproduction
du génialissime
JG. Cul.Bert*

Inconvénient:
éviter le camembert au lait cru, d'une nature
plus odorante, ou se munir d'un bon masque
de plongée...

Dans une casserole, mélanger framboises, eau et sucre.
Laisser mijoter en remuant de temps en temps.
Quand le coulis est prêt, en napper le camembert devenu
fondant à souhait. Servez en plat de résistance.
Il ne vous reste plus qu'à vous régaler.

Avertissement: je dois avouer n'avoir pu tester moi-
même cette succulente recette...

Mis en appétit sans doute par le délicat fumet
qui s'élevait dans tout l'internat, un commando mené
par l'infâme Rémi Pharamon a profité de la nuit
pour envahir mon box et menacer mon petit être
grassouillet des pires représailles.

Les lâches...!

Plans d'inventions

incroyable!

Le sac de couchage intégral pour dormir à la belle étoile sans crainte des fourmis et autres bêtes rampantes.

PROTOTYPE:

hublot en plastique pour observer les étoiles

sac de couchage intégral

La cornemuse aquatique, spécialement utilisable dans les eaux du Loch Ness pour attirer le monstre.

PROTOTYPE:

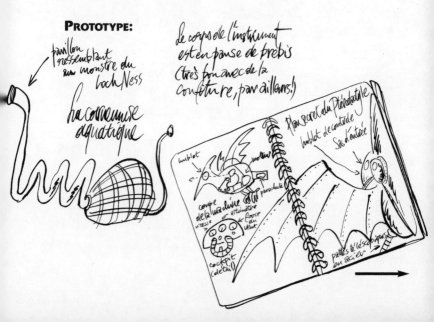

pavillon ressemblant au monstre du Loch Ness

la cornemuse aquatique

le corps de l'instrument est en panse de brebis (très bon avec de la confiture, par ailleurs!)

Plan secret du Ptérodactyle

hublot de contrôle

Sas d'entrée

hublot

moteur

parachute

coupe de la machine volante

vitesse

altimètre

force du vent

cockpit cocktail

pattes télescopiques en acier

Le culberodactyle®

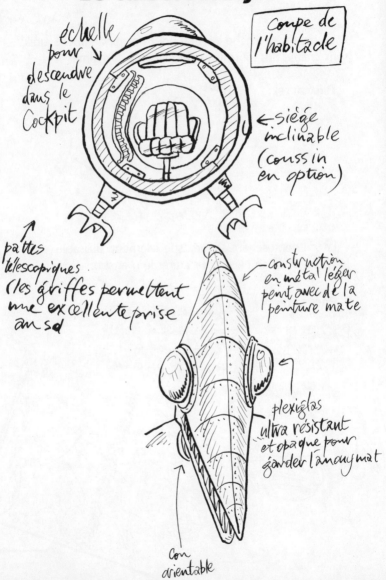

échelle pour descendre dans le cockpit

coupe de l'habitacle

← siège inclinable (coussin en option)

↑ pattes télescopiques (les griffes permettent une excellente prise au sol)

construction en métal léger peint avec de la peinture mate

plexiglas ultra résistant et opaque pour garder l'anonymat

canon orientable

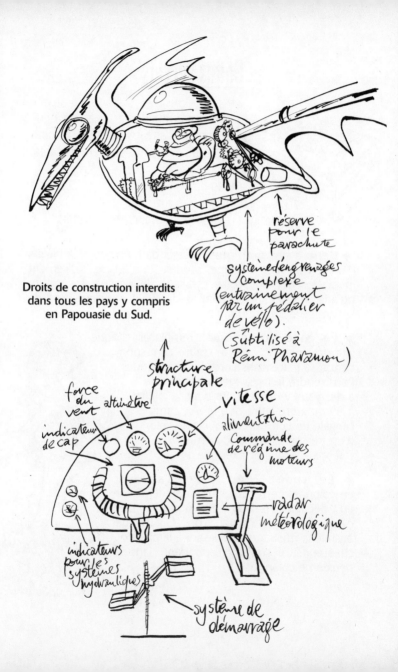

réserve pour le parachute

système d'engrenages complexe (entraînement par un pédalier de vélo). (subtilisé à Rémi Pharamon)

Droits de construction interdits dans tous les pays y compris en Papouasie du Sud.

structure principale

force du vent

altimètre

vitesse

indicateur de cap

alimentation

Commande de régime des moteurs

radar météorologique

indicateurs pour les systèmes hydrauliques

système de démarrage

Codes secrets

Comment communiquer avec un équipier en permanence sans être compris par le pion à l'affût derrière le cahier de retenue ?
Rien de plus simple !
En utilisant un message secret.
Voici quelques-unes des techniques que j'utilise.

◆ **L'encre sympathique :** presser dans un peu d'eau le jus d'un citron. Le mélange produit une encre totalement invisible. Pour lire votre message, le destinataire n'aura qu'à le chauffer légèrement au-dessus d'une bougie ou de la flamme d'un briquet.

◆ **Le code numérique :** remplacer chaque lettre du message par le chiffre correspondant à sa place dans l'ordre alphabétique. Pour rendre le message indéchiffrable à des yeux indiscrets, attribuer le chiffre 1 à une autre lettre que le -A-, comme l'initiale de votre prénom, ou de celui d'un personnage mondialement célèbre… Moi, par exemple.

◆ **Le code L+4 :** copier l'alphabet en colonne. Le recopier une deuxième fois en décalant le -A- en position L+4, c'est-à-dire à la hauteur du -E-. Rédiger ensuite le message en utilisant à la place de chaque lettre son correspondant dans la deuxième colonne.

Pierre Paul Louis de Culbert (futur académicien

Exercice :

Saurez-vous déchiffrer ce message, écrit à votre intention par votre serviteur en code L + 4 ?

« Fa naykjjwes mqa Naie aop qj wja, ap fa hacqa iw ykhhay-pekj za xwjzas-zaooejaao w ikj qajana iwepna ap ikzahe L.L. Yqh-Ranp.»

Solution :
Je reconnais que Rémi est un âne, et je lègue ma collection de bandes-dessinées à mon vénéré maître et modèle P.P. Cul-Vert.

L'ÉGYPTE

Retouchons (légèrement) aux monuments du Monde...

le Grand P.P. d'Or

L'île de P.P.âques

L'île de P.P.âques

81

Test :

● Envoyé par l'un des membres de mon fan-club,
ce message secret m'a fallu 27,8 secondes pour
le déchiffrer, selon mon chronomètre de précision.
Etes-vous capable de faire aussi bien ? J'en doute...
Ce brave Rémi Pharamon, "sèche dessus" (ce sont ses
propres termes) depuis trois jours. Le pauvre garçon... Dire
qu'il m'arrive de l'employer quelquefois pour me seconder !
Voici, pour vous aider, un mot-clef : *ACROSTICHE*.

A toi, Ô grand P.P. Cul-Vert,
Un admirateur très sincère
S'adresse pour te supplier
En se roulant jusqu'à tes pieds !
Ces pauvres vers qu'il te dédie
Ont pour seul objet ton génie :
Uppercut ou raisonnement,
Rien ne remplace ton talent,
Sauf le professeur Coruscant !

● Rémi Pharamon est nullissime en orthographe. A moins
que ses fautes ne cachent un message... En les relevant,
tu comprendras ce qu'il cherche à me dire en malmenant
si ignominieusement les saintes lois du français.

*Cet avarre de P.P. Cule-Vert m'énnerve ! Il addore allée
dans les magazins, se gavver de goffres et meu faire payer
à sa places. Il ce prend pour un vraie génie, mais être
aussi radin, s'est quand même extraordinaire ! Il ne fot pas
exagérer ! Même si on est copain, il i a des limites à l'amitié,
et P.P. les a dépasser depuis longtemps !*

Solution :   « **Rendez-vous ce soir...** »

● Message à ne déchiffrer sous aucun prétexte, même gravissime !

10-5   14' 1-22-15-21-5-18-1-9   10-1-13-1-9-19   1   13-1-20-8-9-12-4-5   17-21-5

16-15-21-18   19-5-19   2-5-1-21-24   25-5-21-24,   10-5   19-5-18-1-19   16-18-5-20   1   1-3-3-15-13-16-12-9-18   4-5-19   5-24-16-12-15-9-20-19 !

13-1-9-19   5-12-12-5   14' 5-14   1   17-21-5   16-15-21-18   18-5-13-9...

3-15-13-13-514-20   3-15-13-16-18-5-14-4-18-5   12-5-19   6-9-12-12-5-19 ?

Sur les écrans !

Solution: Je ne l'avouerai jamais à Mathilde, mais les grands esprits ont aussi un cœur. Pour ses beaux yeux, je serais prêt à accomplir des exploits ! Mais elle n'en a que pour Rémi...Comment comprendre les filles ?

Pause Gastronomique

Le sandwich spécial petites-faims

Malgré l'extrême obligeance de Monsieur le Principal du collège Chateaubriand, notre estimé M. Courtejambe, il arrive quelquefois que le menu de la cantine se révèle un peu chiche et vous laisse sur votre faim. Pas de panique! Voici ma recette spéciale complément nutritif.

Le conseil du chef : cette recette existe aussi dans sa version toastée.

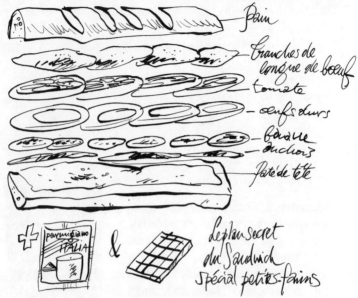

Pain

tranches de langue de bœuf

tomate

œufs durs

banane

anchois

Pâté de tête

parmigiano ITALIA + & Le plan secret du Sandwich spécial petits-pains

Si vous n'avez pas de grille-pain sous la main, quelques solutions simples :

- Introduire le sandwich dans le magnétoscope du CDI et appuyer sur la touche "lecture". Une délicate odeur de pain roussi et quelques flammèches vous signaleront que votre sandwich est prêt.
Attention ! Cette technique peut s'avérer délicate, en particulier au moment de l'extraction.
Utiliser une moufle de ski pour éviter de se brûler.

- Vous pouvez aussi, sous un prétexte fallacieux, emprunter à la lingère son fer à repasser.
Régler le curseur sur la position "textile délicat" et appliquer le fer sur la face externe du sandwich jusqu'à ce qu'elle croustille.

ETES-VOUS UN GÉNIE?

par Pierre-Paul Louis de Culbert,
bien placé pour répondre.

Ce test, rigoureusement scientifique, ne demande
qu'un crayon à papier et une poignée de petites cellules grises.
Les questions y sont de difficulté variable.
Commencez par les plus faciles sans vous décourager.
Bonne chance !

1. ETES-VOUS PHYSIONOMISTE?

Rémi Pharamon est :
❤. un âne
✈. un crétin
✌. un microcéphale

Mathilde Blondin est :
❤. une chipie
✈. une peste
✌. une fille

Pierre-Paul de Culbert,
votre serviteur, est :
❤. un modèle
✈. le cerveau le plus rapide
de la galaxie
✌. votre héros préféré

2. ETES-VOUS CULTIVÉ ?

MUSIQUE : l'auteur célèbre du
«Concerto pour mandolines
et brosse à dents à la gloire
de P.P. Cul-Vert» s'appelle :
❤. Sbigniew Prjedwistckz
✈. Armando Gluten
✌. Piong Li Fû junior

PEINTURE : sur l'admirable
portrait en pied de votre
serviteur exposé à Keays
Castle, quelle est la couleur
du troisième bouton de kilt
en partant du bas ?
❤. rose fushia
✈. rose carmin
✌. rose tyrien

WWW.GÉNIE.COM

Yahoo!

P.P.L. DE CUlbert · OFFICIAL WEBSITE.

LITTÉRATURE : si l'on soustrait, dans les chefs-d'œuvre relatant mes palpitantes aventures, les pages où Rémi et Mathilde tentent induement de me voler la vedette, on obtient un total de (résultat à donner sans calculette) :
♥. 428,3 pages de pur génie
✈. 347, 92 pages d'intelligence brillantissime
♨. 513,1 pages de déductions faramineuses

HISTOIRE : lequel de ces personnages historiques inventa le premier coussin péteur :
♥. César Jules de Culbert en 47 av JC
✈. Charlemagne de Culbert, en l'an 800
♨. Napoléon de Culbert, dit le Petit, en 1783

(Faites-vos comptes)

Je suis là!

**3. TEST DE RATTRAPAGE :
ETES-VOUS CAPABLE DE SAISIR
VOTRE DERNIÈRE CHANCE?**

Pierre-Paul de Culbert vous
a fait l'honneur insigne
de partager l'une de ses
palpitantes aventures :
♥. Vous préférez faire
une partie d'échecs avec
ce nain de Rémi Pharamon.
✈. Vous vous roulez
d'adoration au pied de
votre héros.

Proposition
de
monuments

du
Génie

Enfermé avec lui par d'odieux
ravisseurs dans un cachot
souterrain :
♥. Vous vous évadez seul
par une trappe à travers
laquelle son petit corps
grassouillet ne peut passer.
✈. Vous lui offrez de bon
coeur votre dernier
sandwich rillettes-cornichon.

On accuse devant vous
votre héros d'être un radin :
♥. Vous ricanez bêtement
avec les autres.
✈. Vous prenez sa défense
chevaleresquement, quitte
à vous ramasser quelques
beignes pour protéger cet
être délicat.

Le collège Chateaubriand
décide d'ériger dans la cour
une statue à la gloire de son
élève le plus brillant :
♥. Vous refusez, prétextant
sans grande finesse qu'elle
va gêner pour jouer au foot
après la cantine.
✈. Vous organisez une
collecte afin d'apposer sur
ce glorieux monument une
plaque de marbre récapitulant
ma moyenne dans l'ensemble
des disciplines.

Résultats : Tournez la page!

La patrie
reconnaissante

Toto, c'est du passé!

Réponses

Inventions

La Culbert'fièvre
(en attente de sponsor digne de ce nom!)

Toutes les réponses à ces questions valent I point.

Si vous avez obtenu 3 points, bravo ! Votre sagacité vous fait honneur, mais vous ne m'arrivez pas encore à la cheville.

Résultats compris entre rien et 0 : je m'en doutais. Votre inculture ne mérite même pas que je vous donne les réponses…

Ceux qui ont obtenu plus de 0 ont triché.

Seules les réponses ✈ gagnent I point.

Si vous avez obtenu le maximum au test de rattrapage, ne perdez pas confiance !

Votre intelligence, certes limitée, vous autorise quelques espoirs.

Mes films préférés

LES FILLES

Qu'est ce qu'une fille ?

Un des derniers grands mystères de la science enfin éclairci !

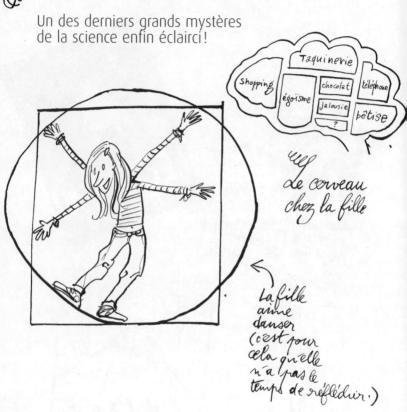

Le cerveau chez la fille

La fille aime danser (c'est pour cela qu'elle n'a pas le temps de réfléchir.)

LA FILLE AIME:

LA DANSE

A la naissance on voit assez peu de différence avec le garçon

LES BASKETS ROSES

LES FÉTICHES INUTILES

Librement inspiré d'un peintre du 15e siècle...

Quelques questions restent encore sans réponse:

◆ Comment leur plaire?
◆ Pourquoi veulent-elles toujours avoir raison?
◆ Une fille peut-elle faire un bon détective?
◆ Pourquoi faut-il avoir une sœur?

Quelques photos
de mes derniers exploits

avec Mathilde
et Rémi,
à Venise,
à Londres,
en Ecosse
à la recherche
du monstre
du Loch Ness

Le Loch Ness ...

Au Photomaton
avec Mathilde et
Rémi...

Léonard
de Vinci
(mon
idole...)

Moi en Gondolier

Londres (en Beefeater)

**Avez-vous lu toutes mes aventures
dans la collection Folio Junior?**

à suivre...

JEAN-PHILIPPE ARROU-VIGNOD
L'AUTEUR

Jean-Philippe Arrou-Vignod est né le 18 septembre 1958 à Bordeaux. Il a vécu successivement à Cherbourg, Toulon, Antibes, avant de se fixer dans la banlieue parisienne. Après des études à l'École normale supérieure et une agrégation de lettres, il est aujourd'hui professeur de français dans un collège. Boulimique de lecture durant toute son enfance, il s'essaie à son tour très tôt à l'écriture et publie son premier roman en 1984 aux éditions Gallimard.

Lorsqu'il écrit pour les enfants, c'est avec le souci constant de leur offrir des livres qu'il aurait aimé lire à leur âge. Pour cela, il se fie à ses souvenirs, sans cesse réactivés au contact de ses jeunes élèves qui ont l'âge des héros de ses romans.

SERGE BLOCH
L'ILLUSTRATEUR

Serge Bloch vit à Paris. Après diverses tentatives pour apprendre à jouer d'un instrument de musique, il a suivi les conseils d'un ami et s'est penché sur une table à dessin. Le mauvais musicien s'est révélé illustrateur de talent ! Serge Bloch se résume ainsi : « Comme tout illustrateur illustre, j'illustre. Je me suis frotté à la bande dessinée humoristique, je fais quelques albums, des livres de poche et je travaille beaucoup dans des journaux pour enfants. »

Mise en pages : Aubin Leray et Françoise Pham

Loi n°49-956 du 16 juillet 1949
sur les publications destinées à la jeunesse
ISBN : 978- 2-07-062427-0
Numéro d'édition : 246601
Numéro d'impression : 118862
Premier dépôt légal : juin 2002
Dépôt légal : juillet 2012
Imprimé en France par Hérissey/Qualibris à Évreux (Eure)